L'HORLOGE VIVANTE

La nouvelle « L'Horloge vivante » est parue pour la première fois dans la revue Solaris, numéro 177.

Page couverture

Montage : Philippe Roy.
Photo de la montre : iStockphoto.
Photographie du prisonnier : Timo Waltari.

© Philippe Roy, 2012

Éditions les Chemins Obscurs

http://www.cheminsobscurs.com/

Dépôt légal : Bibliothèque Nationale du Québec, 2012.

ISBN : 978-2-924113-04-2

Philippe Roy

L'HORLOGE VIVANTE

Éditions les Chemins Obscurs

« — Tu-es-là! Je-suis-bien-con-ten-te.

— Tu-es-là! Je-suis-bien-con-ten-te. »

Jean Ray

Au moment de poser le pied sur le gravier, Pierre avait cru entendre un bruit insolite.

Immédiatement, il avait regardé aux alentours. La maison était isolée, très loin de la route. La vaste pelouse était encadrée par une petite pinède qui cachait les voisins. Il y avait autour de lui au moins dix kilomètres carrés de ville, mais on se serait cru en pleine campagne.

Maintenant qu'il voyait bien qu'il était seul, il redirigea son attention vers la maison. Elle paraissait si tranquille! Si immobile, si vide de toute vie par ce jour sans vent, qu'il avait l'impression de voir agrandie la photo reçue par courriel, la veille du jour où Jason l'avait achetée. Sauf que les fleurs étaient mortes, depuis ce temps. Une annexe aux larges fenêtres – sans doute la clinique – jouxtait un garage immense qui aurait pu loger son atelier en entier. Jason roulait en Jaguar, désormais.

Pierre avait eu l'impression qu'il lui faudrait une éternité, sous ce soleil de plomb, pour se rendre jusqu'à la maison. Il y était souvent venu, mais il avait depuis vendu sa voiture. Son mode de vie était divisé en deux phases bien distinctes, une sorte de clair-obscur qui mettait son existence en relief : six mois hermétiquement enfermé dans son atelier, puis six mois à voyager à travers le monde, six mois confus à organiser des vernissages, à préparer une nouvelle exposition, à rencontrer un client, à donner des entrevues. Les véhicules individuels deviennent vite inutiles dans ce genre de situation. Maintenant, il louait ses voitures à court terme, et il regrettait presque de ne l'avoir pas fait ce jour-là.

Pourtant, il prenait plaisir à fouler le gravier, à dépasser une fontaine coquette – quoique, à ses yeux de sculpteur, abominablement *kitch*. Même si les oiseaux ne chantaient pas, il croyait les entendre. Trop chaud pour chanter. D'habitude, la pinède regorgeait d'oiseaux.

Finalement arrivé près de la porte, il commença à inspecter ses poches, heureux. La simple idée d'avoir enfin décidé de prendre des vacances, après toutes ces années, l'avait rempli d'une joie ineffable.

Il craignit pendant un moment d'avoir laissé ses clefs dans l'un des multiples recoins de son tentaculaire et vampirique atelier. Il retrouva un paquet d'allumettes – souvenir du soir de son dernier verre avec Jason. Ce soir-là, le médecin avait les traits tirés, soucieux, et Pierre s'était dit que son ami travaillait trop, décidément. Jason lui avait parlé de ce voyage à l'étranger, un symposium ou quelque chose de ce genre : il allait partir un moment en Europe, avec sa femme.

Au début de sa carrière, Pierre vivait dans un tout petit appartement. Les voisins se plaignaient toujours – et sans doute avec raison – du bruit et des odeurs que son logement dégageait. Il avait déménagé une bonne dizaine de fois. Chaque fois, il se procurait davantage d'outils, et ses installations improvisées devenaient intenables. Quand il avait eu les moyens de s'acheter une maison, l'atelier s'était mis à prendre une expansion folle. Il ne regardait plus la télé, alors quel besoin d'un salon? Les odeurs de peintures devenaient trop fortes? Il avait installé un système de ventilation dans la chambre d'ami et en avait fait la salle de peinture. Le débarras était devenu le centre de classement des mécanismes d'horlogerie. En conséquence, la chambre des maîtres s'était transformée en une sorte de débarras. Quand l'évier de la cuisine et la baignoire eurent en permanence été occupés par les pinceaux et comme la table de la salle à manger émergeait avec peine des piles de plans, il avait tenté de louer, en plus, un appartement ; mais il travaillait si tard que ce dernier était toujours désert. Après un contrat en Asie, il l'avait abandonné, sans même se soucier de ce qu'il advenait des meubles. Son agent avait pris les dispositions pour lui.

Pierre, en face d'une bière au nom imprononçable, en avait parlé avec amusement à son ami. Jason lui avait alors demandé s'il accepterait de garder sa maison durant deux semaines, pendant que lui et Diane seraient en voyage. Il lui laisserait les clefs, son unique tâche consisterait à arroser les plantes. La seule condition que le médecin avait posée – il l'avait ajoutée avec le sourire en coin qui était sa suprême manifestation de bonne humeur – était que sa maison ne soit pas devenue à son retour une sorte de chantier.

Pierre trouvait simplement dommage de n'être pas revenu assez vite de Montréal pour pouvoir embrasser Diane avant son départ d'Europe.

À son grand soulagement, il finit par retrouver ses clefs. Il reconnut celle que Jason lui avait donnée. Elle refusa de se glisser dans la serrure.

Un peu dépité, Pierre tenta d'entrer par la porte du garage, puis par la porte de service. Rien à faire. Il se mit alors à inspecter attentivement la clef. Il s'y connaissait un peu en serrurerie ; la fascination qu'il avait pour les petits mécanismes, et qui l'avait mené à l'horlogerie, lui avait aussi permis de trouver un emploi comme aide-serrurier. Jason devait lui avoir donné par mégarde une clef du centre hospitalier. À cette heure, il était certainement déjà dans l'avion. Impossible donc de songer à se procurer la clef adéquate.

Pierre regarda par-dessus son épaule : on pouvait à peine distinguer la maison des voisins à travers les pins. Il pourrait facilement crocheter la serrure sans trop de crainte d'être vu. Pas question de laisser les plantes de Jason mourir de soif. Son porte-clefs était une sorte de petit couteau suisse auquel il n'aurait certes pas confié sa vie s'il avait dû traverser la forêt boréale, mais qui en l'occurrence lui serait très utile. Il ne pouvait pourtant réprimer une sorte d'appréhension. Il eut d'un coup l'impression d'être épié et, même s'il ne put détecter aucun observateur indiscret, le temps qu'il lui fallut pour forcer la serrure lui parut bien long. Quand la porte consentit enfin à le laisser passer, il entra en coup de vent. Il se plaqua même contre le panneau, comme une adolescente qui, dans un mauvais film d'horreur, veut empêcher le tueur d'entrer. Puis il éclata de rire, amusé par son propre émoi. Son sang se glaça alors dans ses veines. Un bruit soudain, clair, d'une sonorité sûre de son droit, avait jailli dans la pièce jusqu'à noircir le silence.

Peu à peu, il se sentit revenir à la vie. Cette impression glacée, l'impression que plus rien ne fonctionne en vous, que vous ne pourriez bouger un muscle tant vous êtes figé, cette impression ne peut que ressembler à la mort. Les Italiens n'appellent-ils pas la peur *la Figlia de la Morte?* La fille de la mort?

Mais le bruit, rendu plus terrible encore par son étrange familiarité, dévoila bientôt sa source : rien de plus que Nevermore. Sa première horloge.

Avant de connaître le succès, Pierre était passé, comme tant d'autres artistes, par une phase de misère. Les menus emplois qu'il parvenait à dénicher n'avaient que le temps de payer quelques dettes et quelques outils, et tout était à recommencer. Il n'avait pas grande énergie à leur consacrer et, de plus, la minutie, la patience, la modestie et l'honnêteté sont des qualités gravement sous-évaluées à notre époque. Puis il avait rencontré Jason, un ami d'adolescence.

À l'époque, si leurs caractères, leurs intérêts, leurs projets et surtout leurs milieux divergeaient, ils étaient réunis par l'intelligence, qualité hors du commun dans la prime jeunesse et source de bien des brimades. Ils avaient constitué une belle paire, Pierre couvrant Jason de son ombre solide, Jason faisant profiter son ami de son agressivité et de son esprit de réussite. Pierre n'avait encore connu aucune autre personne qui prenait ses ambitions artistiques au sérieux. Mais, avec le temps, ils s'étaient perdus de vue. Jason avait entrepris de longues études de médecine, tandis que Pierre multipliait les expériences. Diplôme en art, puis école des métiers en horlogerie – il avait dû changer de ville. Retour à la case départ, cours professionnels de soudure, expérience du travail en usine, puis tentative d'études en design. Tout cela lui avait semblé une longue suite d'échecs. Et pourtant, cela avait donné Nevermore. Même si ce projet lui avait valu une note moyenne en design (presque un affront pour lui, après le temps qu'il y avait consacré), Pierre avait sans le savoir trouvé la voie qui le mènerait à la célébrité. La passion des horloges ne l'avait jamais quitté. Il avait abandonné cette idée un peu tôt, se disant avec une certaine justesse que les gens n'étaient pas prêts à débourser une fortune pour un objet usuel. Mais quand il avait croisé Jason, par hasard, au détour d'une rue, son destin avait changé.

Les deux amis s'étaient immédiatement reconnus. Pierre avait néanmoins trouvé son ami un peu changé. Jason avait bien sûr vieilli, notablement grossi, et il était devenu en peu de temps un cardiologue respecté. Mais c'était plus que cela. Il le regardait maintenant de haut, comme les élites toisent la plèbe. Pierre l'avait pourtant emmené dans son atelier. Nevermore avait plu à Jason, avec ses lignes modernes mais son mécanisme ancien, son balancier, et sa sonnerie grave, étonnante, insolite. Il avait offert de la lui acheter. Pierre était resté confus. Dans son esprit, Nevermore ne pouvait être achetée au prix qu'il devrait en demander. Jason lui avait alors proposé trois mille dollars. Un moment abasourdi, Pierre lui avait déclaré que c'était beaucoup trop. Jason lui avait donc demandé combien de temps il avait consacré à cette œuvre. La réponse était deux mois complets de travail : il avait taillé à la main jusqu'au moindre rouage ; il avait fait venir des livres d'Europe, il avait même acheté un volume ancien sur le sujet. Les plans à eux seuls remplissaient un carton. Il avait couvert dix feuillets d'ébauches de poinçons. Il avait dû se rendre à l'évidence : l'œuvre valait bien plus que trois mille dollars. C'était pourtant le montant que Jason lui avait payé, un seul chèque, et, le lendemain, des déménageurs spécialisés étaient venus chercher l'horloge.

Comme par le passé, Jason, qui ne doutait de rien, lui avait rendu confiance en lui. Une sorte de second souffle avait traversé l'existence de Pierre. Sorti de sa torpeur, il avait consulté ses anciens professeurs d'art, qui gardaient pour la plupart, et à sa grande surprise, un souvenir ému de lui. Il avait déniché des contrats de sculpture qu'il croyait réservés aux seuls artistes passés par l'université. Il avait remporté quelques concours. Pour le prix d'une seule pièce, il avait payé sa dette d'étudiant. Et partout dans ses travaux, on pouvait voir la suggestion d'une horloge. La célébrité ne viendrait que plus tard. Pour l'heure, Jason l'avait seulement ressuscité.

Et maintenant, Nevermore était en face de lui et venait tout simplement de sonner trois heures. Pierre ne sut combien de temps il était resté muet, effrayé par un son unique au monde qu'il avait créé lui-même, étudié une nuit durant à frapper sur un magnifique tuyau de cuivre. Puis un bref regard au cadran lui dit que toute cette émotion n'avait duré qu'à peine trois secondes.

Il parvint à retrouver dans une poche son paquet d'allumettes : Jason y avait écrit le code de son système d'alarme. Il lui restait vingt secondes pour le désactiver. Il eut un peu de mal à lire les chiffres, griffonnés avec l'écriture légendaire des médecins. Mais il dut réussir, car aucune sonnerie ne retentit.

Il se détendit.

Voilà, il était en vacances.

Bien sûr, il devait garder la maison, mais cela n'aurait rien d'une tâche pénible. La femme de ménage passait deux fois par semaine. Les plats étaient même préparés d'avance par ses soins. Pierre avait connu la vie d'hôtel, il avait maintenant accès avec surprise à la vie de bourgeois. Il s'approcha de sa bonne vieille Nevermore, sans oser la toucher. Il eut l'impression que l'horloge esquissait un mouvement vers lui, comme un chat qui anticipe une caresse. Une sorte de ronronnement mécanique découpait le silence en minces tranches.

À gauche se trouvait une cuisine à la dernière mode, avec tous les équipements modernes, d'autant plus propres qu'ils ne servaient jamais. À droite, le salon, décoré avec goût, permettait de se détendre sur un sofa très cher. Ensuite, il pouvait choisir d'écouter une chaîne stéréo très chère ou de boire un alcool très cher. Il opta pour l'alcool. Il n'avait pas l'intention de piller le bar de son hôte, mais Jason avait insisté sur toutes les dégustations auxquelles il devrait se livrer. Il valait mieux commencer tout de suite.

Quand ils s'étaient croisés, Pierre allait inaugurer une petite exposition. Il venait d'achever un projet avec Diane, la femme de Jason, qui dirigeait la clinique attenante à la maison. Jason, pince-sans-rire, lui avait fait remarquer qu'il passait plus de temps avec Diane qu'avec lui. Ils étaient allés dans un charmant bistrot spécialisé en alcools importés.

Les discussions allaient bon train. Ils avaient un peu joué à celui qui en savait le plus. Jason, avec son air condescendant auquel il fallait s'habituer, traitait Pierre comme si celui-ci n'était jamais sorti de son atelier, et semblait incrédule quand il affirmait avoir déjà goûté tel et tel alcool.

« Depuis cinq ans, avait précisé Pierre, je suis toujours dans mes valises. Je passe ma vie dans les hôtels. J'ai une réception tous les cinq jours. Mon agent insiste pour que j'y sois chaque fois. »

Ils s'étaient lancés dans une amicale dispute. Jason lui nommait quelque whisky coûteux, Pierre répondait par le nom d'un hôtel. Il gagnait, même, parce qu'il pouvait souvent dire qui le lui avait recommandé, et c'était souvent un nom célèbre, qui faisait frémir Jason de jalousie malgré lui. Jason était tout de même parvenu à trouver une demi-douzaine de noms d'alcools exclusifs, et il avait bombé le torse, certain d'une victoire de la culture sur le vulgaire. Bon joueur, Pierre lui avait laissé ce triomphe durement acquis. Puis, quand Jason, un peu gris, avait demandé à Pierre de garder sa maison, il lui avait chaudement recommandé deux ou trois bouteilles à goûter, et cinq ou six autres qu'il n'appréciait plus. Pierre avait donc quelques litres devant lui.

Dans la cheminée, un feu achevait de se consumer. Pierre pensa distraitement qu'il devrait un jour créer une horloge fonctionnant avec du feu. Un mécanisme sans doute bizarre en perspective, mais ce ne serait pas le premier. Il avait plus de dix-huit inventions brevetées ou en voie de l'être. Déjà, il imaginait un chandelier équipé d'un balancier qui se mouvrait à mesure que la chandelle se consumerait.

Il lui fallait noter cette idée. Sa résolution de ne plus travailler durant deux semaines était déjà mise à mal!

Tout de même, drôle de temps pour allumer un feu. Un matin d'été resplendissant, juste avant de partir en voyage... Pierre s'approcha de la flamme. On semblait lui avoir donné un tissu à brûler. Puis il perçut distinctement le bruit d'une voiture dans la cour. Rien de très étrange en soi, mais il avait l'impression de l'avoir entendue *sortir* du garage.

Il se précipita à la porte. Aucune erreur possible, une voiture noire, de marque européenne, quittait l'allée à toute vitesse. Comment cette voiture pouvait-elle sortir de la maison, alors que Jason et Diane étaient partis depuis belle lurette? Il accusa son imagination, supposa que quelqu'un avait voulu effectuer un demi-tour dans l'entrée.

Il retourna au salon. Sur la table, il y avait une note, rédigée de l'écriture presque inintelligible de Jason : « Je suis désolé d'avoir à partir aussi abruptement. Te laisse ma maison et tout ce qu'elle contient... Je sais que tu en prendras soin, ainsi que de Diane. Tu auras peut-être un peu de peine de ne pas voir ta Nevermore, mais elle a eu un accident et je l'ai envoyée en réparation. Je ne voulais pas que tu le saches. J'imagine qu'il est trop tard maintenant. »

Que voulait-il dire? Diane ne devait-elle pas partir avec lui? Quant à Nevermore, elle était dans le vestibule, avec le même tic-tac que toujours. Même si l'on avait pu en fabriquer une imitation assez fidèle pour qu'il s'y trompe, nul n'aurait pu en imiter le carillon. Ce son était unique, il lui appartenait.

Le réparateur aurait-il terminé son travail après le départ de Jason et de Diane?

Absurde.

Pierre se versa un verre de cognac. En toute honnêteté, il admettait n'avoir jamais entendu parler des chais dont il était issu, mais lui reconnut de la souplesse. Il s'installa sur le sofa. Peut-être aurait-il dû enlever ses chaussures. Vaguement contrit, il les délaça, ce qui lui fit un bien fou. Puis il erra de chaîne en chaîne sur le téléviseur géant, et rêva d'avoir sa propre chaîne où les gens pourraient lire l'heure à tout moment de la journée, sans jamais se lasser. On parlait de lui à un journal télévisé. Le vol à Montréal de son horloge-guillotine.

Il se rembrunit. Enrageant. Pourtant, l'œuvre ne lui appartenant plus, il n'y avait rien perdu, au contraire. La puissance évocatrice de son œuvre, sa signification même, prenait une nouvelle résonance maintenant qu'elle devenait connue du public. Le nom de Pierre Genet, familier à certains artistes, se trouvait maintenant projeté sur la place publique, ce qui faisait de lui une véritable vedette, attirante et repoussante. Les gens étaient fascinés par cette sculpture obscène : une simple guillotine surmontée d'une horloge. L'heure de la mort était déterminée d'avance, comme sur un réveil, assassin des rêves. Dès que la lame était lancée, l'horloge s'arrêtait à jamais. Il avait craint un scandale, mais le sens était si limpide que même les critiques d'art l'avaient compris. Lorsqu'on la contemplait, on ne pouvait s'empêcher de s'imaginer soumis au bourreau, obligé d'attendre sa propre *dernière heure.* Bien plus, le spectateur savait qu'il ne pourrait éviter l'échéance, puisqu'il était mortel, et se sentait immédiatement et malgré lui solidaire du condamné à mort.

Toute cette publicité avait beau être bonne pour sa carrière et pour le retentissement de l'œuvre, ce vol l'écœurait profondément. Cette sculpture, il l'avait donnée ; il en avait façonné les rouages des jours entiers sans attendre en retour ni reconnaissance ni le moindre sou, nettoyant son âme qu'il sentait souillée par l'argent. Il demandait vingt-cinq mille dollars pour une seule conférence. Un jour, il avait réalisé une horloge pour un musée de Philadelphie. Il avait passé une semaine à plancher sur le dessin, puis avait confié le reste à une firme d'architectes. Il avait été payé plus de deux cent cinquante mille dollars. On lui avait même offert un supplément pour qu'il se rende à l'inauguration. *La Dernière Heure* était, dans toute cette fange, l'envers d'une tache : un moment de grâce. Il avait fait don de cette statue à la cause de l'opposition à la peine capitale. Et quelqu'un l'avait volée.

Il devait penser à autre chose, sortir, ce soir. Peut-être ramener une charmante demoiselle, baiser avec elle sur ces meubles si coûteux, la baigner dans chaque baignoire, chaque spa, chaque sauna de ce château miniature, puis lui payer le taxi pour qu'elle rentre chez elle et recommencer le lendemain. Voilà l'idée qu'il se faisait des vacances!

On sonna. Il déposa soigneusement son ballon de cognac sur le sous-verre le plus proche. La débauche devrait attendre encore un peu. On sonna encore. Il réussit à atteindre la porte, puis vit à travers le carreau un homme qui portait l'uniforme d'une quelconque société de sécurité. Il lui ouvrit, perplexe.

« Le système d'alarme s'est déclenché, dit l'homme sans le saluer.

— Oui, j'ai dû me tromper en entrant la combinaison. Excusez-moi. C'est curieux, on devrait entendre la sirène, non?

— Êtes-vous monsieur Jason Saint-Clair? demanda l'homme, soupçonneux.

— Non, je suis Pierre Genet, un ami. Je garde la maison de Jason pendant son absence. »

L'homme le regarda fixement, ce qui rendit Pierre très mal à l'aise.

« Jason a dû vous informer de ma présence, n'est-ce pas? »

L'inconnu sembla se réveiller de sa torpeur. « Peut-être, sans doute, je ne sais pas. Vous n'êtes pas ce sculpteur...

— Oui, *La Dernière Heure*, l'horloge-guillotine.

— Elle a été volée...

— Vous ne m'apprenez rien. »

L'inconnu en uniforme aurait peut-être bien aimé continuer cette conversation impromptue avec une célébrité, mais Pierre se montra impitoyable. Il le remercia et, après l'avoir salué, il allait refermer la porte. Mais il suspendit son geste :

« Pouvez-vous m'aider à arrêter cette alarme? »

*

Il avait cherché un peu partout dans la cuisine et le salon un autre trousseau de clefs. Il se refusait à l'indiscrétion de fouiller la chambre des maîtres. Bredouille, il se versa un cognac en se disant avec dépit que, s'il ne retrouvait pas les clefs, il serait forcé de passer les prochaines semaines dans cette maison, sans même pouvoir faire les courses.

Un sac de femme, qui ne pouvait appartenir qu'à Diane, reposait à côté du sofa. Il pouvait contenir des clefs, mais quoi de plus personnel que le sac d'une femme? Et il avait un respect immense pour Diane.

Nevermore sonna six heures.

Il retourna dans la cuisine regarder partout pour la centième fois, sans trop y croire. Il voulait faire la fête. Puis il aperçut une note de la cuisinière sur le frigo, retenue par un aimant rond dépourvu de personnalité. Le numéro de la cuisinière était dessus. Quitte à la dédommager pour sa peine, il pouvait lui demander un double de ses clefs : elle en avait certainement un. Il prit le téléphone et composa le numéro. La réponse se fit un peu attendre.

« Bonjour, je suis Pierre Genet.

— Pierre Genet?

— Oui, celui qui garde la maison des Saint-Clair.

— Vous gardez quoi?

— Pardon. Êtes-vous madame Martin, la cuisinière des Saint-Clair?

— En effet, mais que...

— Jason a dû vous dire que pendant leur absence, à Diane et à lui, c'est moi qui garderais leur maison. »

Silence au bout du fil. Puis la réponse, d'une effroyable banalité. « Écoutez, monsieur, je ne vois pas de quoi vous voulez parler.

— Jason a dû vous dire qu'il partait pour un symposium...

— Oui, bien sûr, mais Diane reste. Que voulez-vous qu'elle aille faire en Europe?

— Écoutez-moi, madame, Jason a oublié de me donner ses clefs. Ou, pour être plus juste, il s'est trompé et m'a donné la mauvaise clef.

— Et qui voulez-vous qui tienne sa clinique, à Diane? s'obstina la femme.

— J'aurais besoin que vous passiez me porter vos doubles. »

Elle raccrocha.

Pierre resta un moment perplexe. Il avait du mal à croire que Jason ait pu confier ses tâches ménagères à une folle. Était-il possible qu'il y ait eu malentendu? Peut-être que Diane ne devait, après tout, partir que la semaine suivante, après le symposium de son mari? Cela semblait assez logique, et expliquerait la note insolite de Jason.

Il aurait été heureux de revoir Diane. Elle lui avait manqué, durant tous ces voyages. Et il lui devait, dans son esprit modeste malgré tout, une bonne partie de son succès.

Après avoir rempli trois salles d'exposition en cinq ans avec des horloges, il se voyait prédire une chute rapide par les critiques d'art, s'il ne changeait pas de registre. Lui-même, dans la partie rationnelle de son cerveau, n'avait jamais envisagé de créer uniquement des horloges. Il avait d'ailleurs bien gagné sa vie avec l'art environnemental pendant un certain temps. Mais voilà, la célébrité lui était venue avec les horloges, et l'inspiration ne faisait jamais défaut quand il abordait ce thème. Après avoir poussé à l'extrême les possibilités de la mécanique d'horlogerie, il avait fabriqué des horloges géantes, de l'architecture ; une horloge qui tournait à l'envers et projetait l'heure sur le mur en ombres chinoises ; des horloges à eau, à vapeur, et un grand nombre de cadrans solaires dont il n'était pas particulièrement fier, mais qui s'étaient bien vendus. Après cela, il s'était découvert d'autres idées pour les horloges mécaniques. Il avait inventé une manière de découper l'heure en décimales, en saisons, en âges de la vie. Puis, comme les critiques d'art bramaient pour la centième fois leurs sombres pronostics, il avait découvert les possibilités du multimédia. Il avait créé toute une série de montres molles, visions sculpturales et puissant hommage à Dali. Mais, contrairement à celles du peintre, ses montres donnaient l'heure. Les critiques d'art avaient applaudi, non sans reprendre leurs pronostics, certains que le temps leur donnerait raison.

Mais le temps était du côté de Pierre Genet, semblait-il.

Il commençait à être dégoûté des salles d'expositions, et son carnet de commandes bien rempli lui avait permis de plancher sur des sujets plus personnels, qu'il avait diffusés par l'intermédiaire de son site web. Il avait perdu beaucoup d'argent, sans beaucoup renforcer sa réputation, mais au total ces projets l'avaient rendu heureux et il était toujours aussi riche. Il avait inventé *l'horloge vivante.*

La première avait été très simple. Une femme très belle, à la peau très lisse, un modèle exquis. Elle avait été sa muse. Il l'avait rencontrée un jour en Suède, pays qu'il avait aimé mais qu'il avait trouvé désespérément pauvre en soleil. Pour quelques jours, elle avait remplacé ce soleil, offrant son dos dénudé à l'astre fugitif, au pinceau et à l'appareil photo tout neuf de Pierre. Il avait peint sur sa peau les marques d'un cadran solaire, puis il l'avait photographiée d'heure en heure, dans la même position. Après un minutieux montage, il avait obtenu une horloge qui donnait l'heure. La jeune femme avait ensuite offert son ventre au même jeu. Ce qu'il avait fait avec le reste de son corps, cela ne concernait personne.

Mais l'idée était lancée. Il y avait eu d'autres horloges vivantes, sur des corps de femmes, d'hommes et d'enfants. Dès qu'il avait remis les pieds dans son atelier, il était entré dans une transe créative sans précédent. Un homme pendule, bébé le matin, homme le midi, squelette finalement lorsque minuit approchait. Puis le même manège, mais cette fois le corps humain était devenu les aiguilles d'une horloge folle. Et d'autres horloges encore, comme l'horloge de la vie peinte sur le ventre d'une femme enceinte. Et pour apprécier l'œuvre, il fallait la regarder une journée durant. Il fallait *prendre le temps.*

La plupart de ces photos étaient teintées d'un érotisme plus ou moins subtil. Cela n'enlevait rien ni à son modeste succès ni à son plaisir. Au contraire, il était réellement heureux de ce travail. Ce fut alors que, invité un beau soir par Jason, il avait fait la connaissance de Diane. Il leur avait montré ses photos les plus récentes. Jason les avait regardées d'un œil distrait, toujours aussi matérialiste. D'ailleurs, le corps nu d'une femme n'avait plus grand-chose pour l'émouvoir et le vieillissement du corps était pour lui bien trop associé à la mort, invincible ennemie du médecin, pour qu'il puisse y trouver la moindre idée poétique.

Diane, en revanche, avait été subjuguée par le concept. Elle avait écouté avec passion les discours interminables de Pierre sur le temps. Elle était sûre d'avoir devant elle un artiste illustre, plus important que Warhol. Elle ne lui en avait pas parlé ce soir-là – peut-être l'ignorait-elle encore – mais elle voulait devenir une horloge vivante.

Désir d'éternité, exhibitionnisme bourgeois ? Elle l'avait appelé quelques jours plus tard, timide mais fébrile. Il avait accepté avec enthousiasme, certain de faire plaisir à Jason, de partager enfin quelque chose avec son ami de toujours.

Quand elle était arrivée dans le bric-à-brac qui servait à Pierre autant d'atelier de soudure que de studio photographique, elle était nerveuse, bien entendu. Il lui avait montré les croquis qu'il avait griffonnés en prévision de cette séance. Elle avait été très surprise ; jamais il ne lui était venu à l'esprit que ce genre de rencontre pouvait être planifié, que l'art pouvait être autre chose que pure spontanéité. Sur certains croquis, c'était un trait grossier au crayon gras, qui montrait, craignait-elle, l'idée que se faisait l'artiste de sa mûre nudité. Ailleurs, c'était une photo de magazine découpée et barbouillée de hiéroglyphes étranges. Cette fois, elle craignait plutôt de ne pouvoir soutenir une comparaison trop flatteuse. Néanmoins, elle avait accepté un café et, sentant croître sa nervosité, elle avait décidé de se déshabiller avant de changer d'avis.

Cette fois, la surprise avait été de voir avec quel naturel Pierre prenait la chose. Sans se départir de son regard, d'où la passion semblait ne jamais vouloir s'éteindre, il avait peint son corps d'une main experte, exempte du moindre trouble. Ainsi, découvrait-elle, l'artiste pouvait ressentir, face à la nudité, la même objectivité qu'un médecin.

Puis la pose, un travail ardu. De petites aiguilles étaient collées sur sa poitrine, et Pierre les changeait de position avant de prendre une nouvelle photo. Chaque fois, il fallait retrouver la pose. Elle avait bientôt ressenti des crampes ; le plus naturellement du monde, Pierre lui avait offert une pause. Elle n'avait même pas éprouvé le besoin d'enfiler quelque chose. Puis ils avaient repris le travail. Ils y avaient passé plus de dix heures en tout, et à la fin, Diane avait été très déçue que ce soit déjà fini. Ils s'étaient quittés simplement, fiers et heureux, emportant chacun de leur côté le morceau d'un souvenir de joie et de plénitude. Elle en parla très simplement à son mari, elle qui avant la séance se rongeait les ongles en se demandant comment elle allait aborder ce sujet. Il prit très bien la chose. Attention toute naturelle, Pierre leur avait envoyé le double des clichés.

Depuis ce temps, il n'avait jamais eu l'occasion de reparler vraiment à Diane. Mais, tout compte fait, peut-être l'occasion se présentait-elle? Si Diane n'était pas encore partie, comme le prétendait la cuisinière, il n'aurait qu'à la joindre sur son portable. Bien entendu, il ne savait pas alors ce qui pourrait expliquer sa présence à lui en ces lieux, mais il ne coûtait rien d'essayer.

Il sursauta. Nevermore venait de sonner sept heures.

Il regarda son horloge, éberlué. Il venait de raccrocher, sa conversation avec la cuisinière ne pouvait pas avoir duré plus de quelques minutes. Était-il fou ou était-ce le cognac qui cognait trop fort?

Il regarda attentivement le cadran de l'horloge. Les aiguilles tournaient à un rythme effréné. Elle devait être détraquée, comme l'avait indiqué Jason.

Le premier réflexe de Pierre fut de tendre la main vers son œuvre. Pour la réparer? Non, plutôt pour la réconforter. Mais il arrêta son geste. Il frissonna : l'air d'été était soudainement devenu glacial.

Il ne lui fallut pas longtemps pour retrouver dans son sac à dos son carnet de numéros, coincé entre les livres de pharmacologie que Jason lui avait prêtés. Il composa sans plus attendre le numéro du portable de Diane.

La tonalité se fit entendre, banale. Deux coups. Pierre fronça les sourcils : elle avait un écho discret, quelque part dans les environs proches. Le portable se trouvait dans la maison. Diane était-elle étendue à l'étage? Non, le son venait du salon, du sac à main abandonné. Surmontant finalement ses scrupules, Pierre alla ouvrir le sac. Le portable y était, sonnant toujours. En manipulant le sac, il aperçut des débris sur le sol. De petits morceaux de verre d'abord. Puis, dissimulé sous un meuble, un rouage. L'attrapant du bout des doigts, il l'observa de plus près et reconnut son travail. Le rouage devait dater du début de sa carrière ; en l'examinant bien, Pierre pouvait voir sur le côté les traces de l'étau — indélicatesse qu'il ne se permettait plus depuis belle lurette. Il mit la pièce distraitement dans sa poche.

Et si Diane était dans la maison? Après tout, une femme ne sortait jamais sans son sac. Il emprunta le couloir qui menait à la clinique. Elle était fermée. Il frappa à tout hasard, sans résultat, colla son oreille à la porte, risqua un œil. La clinique présentait un curieux désordre, mais elle était abandonnée. Frustré et perplexe, Pierre retourna au salon.

Il lui semblait qu'il tournait en rond depuis qu'il était entré dans cette maison, il y avait... Depuis quand était-il arrivé, au juste? Une heure, tout au plus... Nevermore affirmait depuis quatre heures, mais il ne pouvait s'y fier. Il avait encore le temps de trouver une solution... Que pouvait-il faire, sans clef, dans une maison vide, avec un bar et une télé? Il se versa un nouveau verre, presque à contrecœur, puis s'enfonça dans le sofa.

L'horloge du magnétoscope indiquait sept heures et demie. Incrédule, il s'empara de la télécommande et ouvrit la télévision. Il glissa de chaîne en chaîne. On parlait encore du vol de *La Dernière Heure*. Pour l'occasion, le chef de pupitre avait sorti une entrevue que l'artiste avait accordée l'année précédente. L'heure était affichée au bas de l'écran. Sept heures trente-six, et les minutes défilaient à une vitesse vertigineuse, tandis que sa propre image, sur l'écran, parlait d'une voix posée. Sursautant, il regarda le magnétoscope une nouvelle fois. Sept heures trente-huit. Les minutes affolées se succédaient de plus en plus vite.

« *D'où vous est venue cette fascination pour le temps et les manières de le mesurer?*

— *Les horloges ne servent pas à mesurer le temps. Elles servent tout au plus à nous situer par rapport à lui, à jalonner notre parcours à travers lui.*

— *Vous semblez exploiter de plus en plus le côté symbolique des horloges, pour parler de l'effet du temps sur nous, la vieillesse et la mort.*

— *Les horloges peuvent symboliser bien des choses, et c'est vrai que j'explore cela à travers mes sculptures, mais elles sont en soi des objets puissants. Dans un sens, elles font plus que jalonner le temps, elles peuvent avoir un effet sur lui. Il suffit de poser les yeux sur une horloge pour que le temps semble immédiatement passer plus lentement.* »

Parle pour toi! avait-il envie de dire à ce type de l'autre côté de l'écran.

Il fallait qu'il sorte. Tant pis pour la maison. Il en avait marre de cet endroit, et de cette angoisse oppressante qui ne faisait que croître au fil des minutes emballées. Sortir, prendre un peu d'air frais, surtout ne plus boire une goutte d'alcool. Il n'aurait qu'à verrouiller la porte de l'intérieur, passer par la fenêtre et rentrer par le même chemin quand il se sentirait mieux. Il se planta devant la fenêtre qui, orientée plein ouest, permettait de voir le soleil plonger vers la pinède. Nevermore sonnait huit coups précipités. Pierre se figea ; le soleil descendait si vite qu'il semblait tomber, emportant avec lui une lumière qui s'accrochait désespérément aux épines noires avant d'être engloutie à son tour. Puis plus rien. Le bruit du monde fit une pause malvenue. Le frigo cessa son ronronnement, la pointe des arbres ne s'agitait plus sous la caresse faiblarde de la brise estivale. Et un oiseau s'était arrêté en plein vol, comme suspendu à un fil, entre la maison et la pinède.

« *Le temps ne passe donc pas toujours à la même vitesse?*

— Bien sûr que non. Dès que les physiciens se sont rendu compte de cette vérité évidente, leur science s'est développée bien plus vite. Mais le plus simple, c'est de vous rappeler votre enfance. Je me souviens que je passais mes heures de cours l'œil fixé sur l'horloge, désespérant qu'il finisse. Je me rappelle l'été de mes quatre ans, qui m'avait paru interminable. Et maintenant, comme tous les adultes, je voudrais pouvoir arrêter le temps, parfois. »

Il lui fallut longtemps pour se remettre de sa stupeur. Un moment, il avait cru être comme cet oiseau, paralysé, figé, statufié. Aucune résolution ne lui venait qui aurait pu le motiver à bouger. Après tout, si le temps avait décidé de s'arrêter, qu'y pouvait-il? Mais le reflet de son visage hagard dans la vitre était par trop désagréable. Il tourna les talons, tâchant de ne pas prêter attention à ce silence anormal que seul osait rompre sa propre voix enregistrée déblatérant ses inepties.

Il y avait une explication, une seule : son esprit lui jouait un sale tour. Un accident cardiovasculaire peut-être – il avait vu un truc à la télé à ce sujet. Dommage que les maîtres de maison aient été de sortie, ils auraient pu l'examiner. Voilà, il avait besoin d'aide, d'urgence. Il prit le téléphone, jeta un œil à Nevermore. Arrêtée, elle aussi. Plus même un tic-tac. Le téléphone n'avait aucune tonalité. Au point où il en était, il préféra essayer tout de même. Nerveux, il fit le premier chiffre du numéro d'urgence. La touche resta enfoncée, et la note normalement émise s'étira, stridente, insupportable, jusqu'à ce qu'il raccroche.

« *Parlez-vous parfois à vos horloges?*

— *Non, jamais. Quelle étrange question!* »

« C'est toi qui fais ça? » demanda-t-il à Nevermore.

La trotteuse fit un bond d'une seconde. « Pourquoi? »

Il n'était pas encore fou au point d'attendre une réponse.

Peut-être que c'était le cognac, après tout. Tournant le dos à son horloge ingrate, il retourna fouiller son sac à dos. Les livres de pharmacologie de Jason allaient enfin lui servir à quelque chose. Son ami lui avait recommandé de les prendre. Ils décrivaient certaines drogues qui pouvaient avoir un effet sur la perception du temps – Jason avait pensé que cela contribuerait à lui donner des idées. Pierre avait cédé devant son insistance. Il s'enfonça dans le sofa et fit défiler les pages sous ses doigts ; bien entendu, il n'y comprenait rien, mais il se dit que son ami avait sans doute marqué à son intention les articles qui traitaient de ces drogues. Un coin de page était replié, en effet, et un article encadré. Il lut. Cela décrivait un puissant sédatif, mais rien qui le concernait. Il ferma le livre, découragé. Puis il chercha quand les choses avaient commencé à déraper.

Tout lui revint successivement en mémoire. Le bruit insolite, quand il était entré, Jason qui s'était trompé en lui donnant la clef de sa propre maison, le bruit de moteur, le système d'alarme, la cuisinière qui n'était pas au courant de son arrivée. Et Nevermore. L'horloge qui devait être en réparation, mais qui pourtant était bien là.

Puis ses doigts, posés sur le bord d'un coussin, rencontrèrent un objet insolite, léger et froid. Écartant les coussins d'une main, il attrapa l'objet de l'autre. C'était une seringue usagée.

Il se leva vivement, comme sous l'effet d'un choc électrique. Il était prêt à tout croire : le temps qui devenait fou, la mystérieuse disparition de Diane... Mais que des médecins oublient une seringue sur le sofa de leur maison, cela n'avait aucun sens. C'était trop absurde pour avoir sa place même dans la plus délirante hallucination. Il déposa la seringue sur la table du salon, bien en vue pour éviter les accidents, puis alla jusqu'à la chambre des maîtres. Personne. Il revint au salon, errant, comme perdu dans ses vingt mètres carrés. Puis, sur le sol, il vit ce qui lui avait échappé jusqu'alors. Un petit flacon, comme il en avait vu dans les hôpitaux. Il le prit, l'approcha de ses yeux. Un nom incompréhensible qu'il s'obstina à relire, comme si sa signification allait s'imposer d'elle-même. Celui de l'article encadré.

Comme pour le féliciter de sa découverte, Nevermore reprit son tic-tac.

Pierre se jeta sur le sac de Diane, sans scrupule, sans retenue, et l'ouvrit comme un lion qui dévore une gazelle. Il répandit ses entrailles sur le sol. Tout y était. Les clefs d'abord, mais il n'y pensait plus. Porte-monnaie, carnet, agenda, rouge à lèvres, tampons hygiéniques. Tout ce qu'il faut à une femme pour sortir plus de quelques heures. Permis de conduire, cartes de crédit. Nevermore sonnait neuf heures quand il découvrit son passeport.

*

Il ne savait pas combien de temps il était resté prostré sur le plancher. L'horloge avait encore sonné quelques fois.

Diane n'était pas à l'étranger. Il en avait la preuve.

Une histoire affreuse commença à prendre la place de l'autre. Il fit tout pour la chasser, mais elle s'imposait, comme une lumière dans les ténèbres, elle revenait comme la langue sur la dent blessée. Le tic-tac de Nevermore, toujours aussi rapide, l'empêchait de suivre un autre délire. Il se releva. Si l'idée pouvait lui rendre la vie, elle était la bienvenue. Mais elle lui serrait le cœur.

L'escalier qui menait au sous-sol était tout près de la chambre d'ami. Somnambule, il aurait pu s'y rompre le cou. L'odeur qui venait d'en bas commençait à lui soulever le cœur.

La noirceur avait envahi la maison en entier. Le feu était éteint depuis longtemps – pourquoi, un feu? La lumière jaune de l'ampoule du sous-sol donnait un air irréel à l'escalier ; le tapis banal aurait pu paver l'enfer. Chaque marche lui semblait une étape vers sa damnation. Douze fois, il faillit s'évanouir, une fois à chaque marche, une fois à chaque coup que sonnait Nevermore. À mi-chemin, il aurait pu tourner la tête à gauche pour voir ce qu'il était venu chercher, mais son cœur le suppliait de lui laisser encore du temps pour se préparer. Sauf que Nevermore elle-même, avec son tintement grave, semblait lui dire : « Vois! Vois ce qu'il a fait. Vois, ton bon ami est jaloux. Ce symposium n'a jamais existé. Il a envoyé quelqu'un d'autre prendre l'avion avec son passeport, et lui est allé se cacher dans les Laurentides. Son alibi sera invincible, alors que toi, tout t'accuse. Même moi, *il a voulu me tuer*, mais je suis revenue, je t'aime, et je sais que tu m'aimes aussi. Tu n'aurais pas dû me vendre à lui, il est indigne de moi. Il te jalouse pour ton argent, ton succès, il croit que tu as baisé sa femme. »

Pierre avançait sans hâte, plaçant un pied devant l'autre avec des précautions d'ivrogne. Il regardait fixement le sol, sans quitter un instant le tapis des yeux. Autour de lui, tout se mit à tourner ; il avait l'impression d'être devenu l'aiguille d'une de ses immenses horloges. Ses bras s'étendirent involontairement pour retrouver l'équilibre. Le sang lui battait les tempes. Le tic-tac devenait de plus en plus fort. Pour trouver un point d'appui, il leva involontairement les yeux. Posée sur un guéridon et soudée par le sang séché, reposait la tête de Diane.

Les jambes de Pierre cédèrent sous lui, ses bras furent incapables d'amortir sa chute, ses oreilles ne voulaient plus entendre autre chose que le tic-tac obsédant, son cœur enfin protestait, criait qu'il ne battrait plus que d'un seul mais énorme battement. Seuls ses yeux restèrent fidèles, fixés sur la tête de Diane alors qu'il basculait vers elle et la renversait.

Il roula au sol, face à elle. Les yeux de Diane, fixes, avaient gardé l'expression d'une terreur incrédule et suppliante.

Le premier choc passé, saisi de tremblements, il se mit à quatre pattes. Il ne pouvait détacher ses yeux de ce reste morbide. Il y avait pire juste à côté de lui, il le savait. Il se mit à genoux, suspectant que ses bras ne pourraient le soutenir très longtemps. Il pensa que c'était une chose terrible que les yeux d'un mort. Les défunts qu'il avait vus jusque-là avaient tous les yeux clos, et leur tête était bien attachée à leurs épaules. Il ne pensait pas au sang qu'il avait sur les mains, sur le corps. Il ne pensait pas à Jason, à la seringue qui avait paralysé Diane et qui portait maintenant ses empreintes.

Au bout de ce qui lui sembla plusieurs minutes, il parvint à se mettre debout. L'effort qu'il lui fallut pour détacher son regard fasciné de la tête détachée de Diane fut plus grand encore. Il ferma les yeux, compta froidement jusqu'à six. Il respira. Il ignorait si son cœur pourrait un jour cesser de battre aussi fort, si l'horreur imprimée derrière ses paupières s'effacerait avec le temps, mais il avait survécu, et il ne lui restait plus qu'à rassembler ses forces pour la suite.

Il rouvrit les yeux. Il lui fallut toute son énergie pour ne pas se remettre à contempler la tête. Il fit un quart de tour sur lui-même, fixant autant qu'il le pouvait le plafond de stuc. C'est l'horloge-guillotine qui lui apparut d'abord, arrêtée à jamais à trois heures moins cinq. C'était donc bien Jason qui était sorti en voiture. Il avait attendu d'être certain que son plan marcherait avant de mettre les voiles. De toute façon, son alibi serait imparable et les preuves contre Pierre, écrasantes. Être vu par lui n'était donc pas un grand risque.

Puis son œil parcourut, un peu trop vite à son goût, le chemin qu'avait parcouru la lame jusqu'au corps, dénudé. Il se détourna aussitôt, meurtri dans sa chair, comme un édifice en apparence intact mais dont la charpente est la proie des termites. Malgré l'émotion, un coin de son cerveau admirait la formidable horloge, le mécanisme effroyablement précis qu'avait conçu Jason. C'était presque comme un roman, dans lequel les journalistes pourraient venir chercher des passages de leurs articles, dans lequel les procureurs puiseraient l'âme de leurs réquisitoires.

À pas lents, Pierre remonta l'escalier. L'odeur poisseuse du sang à demi séché ne le dérangeait plus. Le monde s'était encore arrêté, il le savait au silence. Il se planta devant Nevermore qui, les aiguilles figées, attendait qu'il parle. Il fouilla dans ses poches, retrouva le rouage égaré. Il le présenta à la machine, comme si elle pouvait le voir.

« C'est à toi, ça, non? »

Qu'aurait-elle pu répondre? Pierre voyait la scène, Jason fou de rage et de jalousie qui précipitait son œuvre sur le sol, et l'horloge qui éclatait. Nevermore était morte, et personne d'autre que lui n'aurait pu la ressusciter.

« Alors tu es quoi? Un fantôme? »

Comme honteuse, elle resta muette.

« Et maintenant, que se passe-t-il? »

Cette fois, la trotteuse recula d'une seconde. Pierre hocha la tête.

Il se pencha, prit sur le sol les clefs de Diane. En se dirigeant vers la partie de la maison qui constituait la clinique, il passa devant la fenêtre. Il regarda à l'extérieur, le temps de voir un oiseau voler à reculons. Nevermore sonna minuit une nouvelle fois, pour l'encourager.

*

Jason, inconscient d'être observé, rentra dans le garage avec sa voiture. Le soleil était haut, même s'il tournait à l'envers. Les oiseaux, qui bientôt se tairaient, chantaient une bien curieuse mélodie inversée.

Pierre avait trouvé dans la clinique une autre seringue et une fiole du produit dont Jason avait gracieusement encadré la description pour lui, dans son manuel. Il n'avait plus qu'à attendre, patiemment, son heure. Le moment venu, Jason se suiciderait. La lettre qu'il avait laissée sur la table témoignerait de ses dernières volontés. Il suffisait d'attendre que, par cet étrange procédé du temps, Diane retrouve la vie.

Pierre était fébrile, déterminé, heureux. Était-ce ce qu'avait ressenti Jason au moment de tuer sa femme? Un bruit soudain le fit sursauter, mais ce n'était rien. Seulement l'horloge qui sonnait trois heures.

Fin alternative

L'histoire que vous venez de lire a reçu les réactions les plus élogieuses de mes pairs, écrivains débutants ou tout à fait confirmés. Certains en ont cependant critiqué la fin, et ce n'est pas étonnant.

J'aime les fins ouvertes. C'est plus fort que moi, aussi je n'ai jamais vu de problème avec celle que vous venez de lire. À partir du moment que la clef de l'intrigue est révélée, je ne voyais pas, et je ne vois toujours pas, d'intérêt à continuer. C'est comme cela que je suis, comme cela que j'aime les histoires que je lis et comme cela que j'écris.

Au-delà de ces considérations personnelles, cette histoire a été écrite à partir d'une idée de Lovecraft, simplement énoncée ainsi : « Événements dans un intervalle entre un bruit annonciateur et la sonnerie d'une horloge — fin — "c'était l'horloge qui annonçait trois heures". » Bien entendu, une fois l'histoire écrite, rien ne m'obligeait à en respecter la dernière phrase. Seulement, considérant que toute cette intrigue, cette machine soigneusement réglée, ne servait qu'à en arriver à cette ultime phrase, et que cette phrase venait du maître, vous comprendrez que je sois motivé à la garder telle quelle.

Malgré ces considérations, j'ai tout de même consenti à cette fin alternative, qui exploite cette fois le point de vue de Jason. Pour différentes raisons, elle n'a pas fait son chemin jusqu'à la publication. Ce n'est pas plus mal; je vous l'ai dit, j'aimais ma première finale.

J'ai tout de même aimé cette aventure dans la perspective de Jason. J'ai trouvé follement amusant de montrer son propre cauchemar. Comme Pierre, il voit son univers plonger dans l'absurde, la machine de sa vie se détraquer. La différence est qu'il a lui-même construit la machine dans laquelle il est pris. Pour toutes ces raisons, si cette fin ne me paraît pas la meilleure, je me permets de vous la soumettre comme un cadeau.

Elle n'a reçu aucune édition ou révision de quelque sorte que ce soit. C'est un premier jet, aussi je vous prie de vous montrer indulgent.

***

N'AYANT PLUS RIEN À VOIR, PIERRE remonta l'escalier. L'odeur poisseuse du sang à demi séché ne le dérangeait plus. Le monde s'était encore arrêté, il le savait au silence. Il se planta devant Nevermore qui, les aiguilles figées, attendait qu'il parle. Il fouilla dans ses poches, retrouva le rouage égaré. Il le présenta à la machine, comme si elle pouvait le voir.

« C'est à toi, ça, non ? »

Qu'aurait-elle pu répondre ? Pierre imaginait la scène, Jason fou de rage et de jalousie précipitait son œuvre sur le sol, et l'horloge qui éclatait. Nevermore était morte, et personne d'autre que lui n'aurait pu la réparer.

« Alors tu es quoi ? Un fantôme ? »

Comme honteuse, elle resta muette.

« Et maintenant, que se passe-t-il ? »

Cette fois, la trotteuse recula d'une seconde. Pierre hocha la tête.

Il se pencha, pris sur le sol les clefs de Diane. Se rendant à la clinique, il passa devant la fenêtre. Il regarda à l'extérieur, le temps de voir un oiseau de nuit voler à reculons. Nevermore sonna minuit une nouvelle fois, pour l'encourager.

***

Jason faisait mine de boucler ses bagages. Il était surpris du calme qu'il avait affiché tout au long de cette journée.

« Tu as entendu les infos? » demanda Diane du salon. Non, il n'avait pas entendu les infos. Mais il savait exactement de quoi elle parlait.

« Non, qu'y a-t-il?

— L'horloge-guillotine de Pierre a été volée. »

Il referma sa valise. À quoi bon jouer la comédie si personne n'est là pour vous voir? Il ne trouvait plus sa montre. Il avait toujours eu une excellente notion du temps mais, ce jour-là, il sentait à tout moment le besoin de connaître l'heure. En allant rejoindre sa femme, il jeta un coup d'œil machinal à l'endroit où s'était trouvé l'horloge de Pierre, dont le battement incessant lui criait « cocu! » toutes les heures. La jeter par terre avait été une erreur. Diane avait été terrorisée, il lui avait fallu des jours pour reprendre son calme, et des fleuves de mensonges sur son amour et sa fidélité. Pour peu, la détruire aurait pu tout faire rater.

« Tu as vu ma montre?

— La table de la cuisine. Tu as entendu pour l'horloge?

— Si. C'était prévisible. Exposée dans une université, pratiquement aucune surveillance. Des milliers de gens avaient accès aux lieux. Je l'avais dit à Pierre. »

Il remit sa montre. Il était encore dans les temps. Deux heures environ pour que la drogue cesse de faire effet, plus une petite demi-heure de marge — la salope devait la sentir passer, c'était essentiel. Il était encore tôt, mais elle était devant la télé, distraite par cette histoire de vol. L'occasion était trop belle. Il prit son flacon, y enfonça l'aiguille. Le liquide, aussi clair de que l'eau, envahit le petit cylindre. *Alea jecta est*, comme aurait dit l'autre. Il prit un moment pour se calmer. Sa main ne devait pas trembler.

« Tu ne seras pas en retard pour ton avion?

— Je pars tout de suite. »

Il alla la rejoindre dans le salon. « Viens m'embrasser. »

Elle le regarda, hésitante. Il n'avait peut-être pas l'air assez détendu. Peut-être avait-elle remarqué sa main, plongée au fond de sa poche. Mais elle se leva, comme une bonne épouse qui sait avoir à se racheter. Il l'embrassa longuement, malgré sa répugnance, pour retirer la seringue de sa poche sans geste brusque.

Elle eut un sursaut, mais trop tard. La main habituée de Jason était parvenue à injecter le liquide en entier.

« Jason! Tu es fou! »

Ce serait la dernière chose qu'elle pourrait dire. Dans une seconde, la drogue lui ferait perdre l'équilibre. Sa victoire n'était plus qu'une question de temps.

Elle le frappa au bas ventre avec force, avec hargne même. Il n'avait ressenti cette douleur conquérante qu'une fois, dans son enfance. Il plia en deux, bien entendu, posant même un genou à terre avec tout juste assez de contrôle pour la regarder tomber. Mais la drogue refusait de faire effet. Il la vit tourner les talons, courir jusqu'au garage. Il tenta de la suivre, mais une vague de souffrance vint le remettre à l'ordre.

Il entendit la voiture de Diane quitter le garage. Tout était raté, et le voilà avec une horloge volée sur les bras. Incapable de se relever, il s'assit sur le sol, sortit le flacon de sa poche, en renifla le contenu. De l'eau.

Il entendit des pas. Qui pouvait se trouver là? C'était une démarche d'homme, il ressentait les vibrations du plancher. Cela semblait venir de la clinique. Un patient? Il parvenait tout juste à se relever quand il vit de qui il s'agissait.

« Tu as de l'avance, Pierre. »

Son ami de toujours s'arrêta à une enjambée de lui. Il tenait une seringue.

« Qu'est-ce que tu fais avec ça? »

Le visage de Pierre était chargé d'une tristesse mêlée de résolution. Jamais Jason ne l'avait vu dans cet état. Il savait, c'était évident, même s'il ne parvenait à concevoir que quelle manière il avait pu être mis au courant. Pierre savait tout, jusque dans les détails, au point qu'il avait rempli d'eau le flacon dont il devait se servir. Pierre ne bougeait pas. Le meurtre ne semblait pas faire partie de ses nombreux talents. L'aiguille dans sa main décrivait des secousses comme les trotteuses de ses maudites horloges. Jason espérait presque que Pierre se décide. Le pire qu'il pouvait faire était de tourner les talons, de le dénoncer pour vol. Ce serait la prison et la fin de sa carrière. S'il l'attaquait, il pourrait toujours essayer de se défendre, mais le coup de Diane le faisait encore souffrir et Pierre le dominait d'une tête.

« Alors, qu'est-ce qu'on fait maintenant? »

Remerciements

Je tiens à remercier les personnes suivantes, sans qui ce livre ne serait peut-être pas paru.

Je veux d'abord remercier la vraie Dianne, lumière de ma vie, pour son soutien continuel.

Merci à mon amie Marie-Hélène Rameau, une amie très chère pour qui j'ai écrit la première version de ce texte.

Natasha Beaulieu, mon auteure préférée, pour ses encouragements enthousiastes.

Elisabeth Vonarburg, pour l'édition, ses conseils et sa patience durant ce qui fut un long processus.

Un merci tout spécial à Emmanuel Gob pour son soutien technique et financier. Je vous invite à visiter son blogue, *Lecteurs en colère*, qui fait beaucoup pour le livre numérique francophone.

Printed in Great Britain
by Amazon